Por Maya Franklin

Ilustrado por Guy Wolek

dos

dos

dos

¿dos?

uno

Créditos de publicación

Rachelle Cracchiolo, M.S.Ed., *Editora comercial*
Nika Fabienke, Ed.D., *Directora de contenido*
Véronique Bos, *Directora creativa*
Shaun Bernadou, *Directora de arte*
Michelle Jovin, M.A., *Editora asociada*
Caroline Gasca, M.S.Ed., *Editora superior*
Jess Johnson, *Diseñadora gráfica*

Créditos de imágenes: Ilustraciones de Guy Wolek.

Library of Congress Cataloging-in-Publication Data

Names: Franklin, Maya, author. | Wolek, Guy, illustrator.
Title: Una sorpresa para abuelito / por Maya Franklin ; ilustrado por Guy Wolek.
Other titles: Treat for Grandpa. Spanish
Description: Huntington Beach, CA : Teacher Created Materials, [2020] | Audience: Grades K-1.
Identifiers: LCCN 2019051855 (print) | LCCN 2019051856 (ebook) | ISBN 9780743927451 (paperback) | ISBN 9780743927604 (ebook)
Subjects: LCSH: Spanish language--Readers. | Ice cream cones--Juvenile fiction.
Classification: LCC PC4115 .F736 2020 (print) | LCC PC4115 (ebook) | DDC 468.6/2--dc23

TCM Teacher Created Materials
5301 Oceanus Drive
Huntington Beach, CA 92649-1030
www.tcmpub.com

ISBN 978-0-7439-2745-1